FAVOURITE IRISH LEGENDS

FAVOURITE IRISH LEGENDS

DUAL-LANGUAGE

BAIRBRE MCCARTHY

MERCIER PRESS

MERCIER PRESS
PO Box 5, 5 French Church Street, Cork
and
16 Hume Street, Dublin

Trade enquiries to CMD DISTRIBUTION,
55a Spruce Avenue, Stillorgan Industrial Park, Blackrock, Dublin

© Bairbre McCarthy, 1997

ISBN 1 85635 186 6

10 9 8 7 6 5 4 3 2 1

A CIP record for this book is available from the British Library.

ACKNOWLEDGEMENTS
Special thanks to Joe Mastrianni and Hank Willems
two great literary fishermen.

Printed in Ireland by Colour Books Ltd.

FOR MY MOTHER
MARY MCCARTHY

MAIN CHARACTERS
AND GLOSSARY

AODH (A) son of King Lir

AOIFE (Eefa) Tuatha Dé Danann princess and the second wife of King Lir

BODHBH DEARG (Bov Darug) Tuatha Dé Danann king and father-in-law of King Lir

CIAN (Keeun) the sun god

CONN (Kun) son of King Lir

DAIRBHREACH (Darvrach) beautiful Irish lake in King Lir's kingdom

EITHNE (Ethne) Fomorian princess and daughter of Balor of the Evil-eye

EOCHAIDH (Ochee) Celtic king of the third century, BC

ETAIN (Eten) Tuatha Dé Danann princess

FEIS (Fesh) Celtic festival

FIACHRA (Feeachra) son of King Lir

FIONNUALA (Finoola) daughter of King Lir

FUAMNACH (Fooamnach) Tuatha Dé Danann girl

LIR (Lir) Tuatha Dé Danann king and god, and the father of Manannán, the sea god

LUGH (Loog) son of Cian and Eithne

TUATHA DÉ DANANN (Tooha Day Dananne) magical people who lived in Ireland at the time of the arrival of the Celts. They went to live in Tír na nÓg (Teer na nOgue), the Land of the Ever Young.

CLÁR/CONTENTS

Balor Drochshúile

Balor of the Evil-eye

Fadó, fadó, nuair a bhí na Tuatha Dé Danann ina gcónaí in Éirinn, bhí siad ciaptha faoi lámh láidir na Fomhórach; fathaigh mairnéalaigh a bhí ina gcónaí ar an taobh ó thuaidh d'Éirinn. Bhain siad cáin ó na Tuatha Dé Danann. Bhí Balor Drochshúile mar cheannaire ar na Fomhóraigh. Fuair sé an t-ainm sin mar bhí sé in ann fir a mharú le féachaint amháin óna dhrochshúil. Dá bhrí sin, chlúdaigh sé a shúil nuair nach raibh sé i gcogadh.

Bhí leanbh amháin ag Balor, iníon álainn darbh ainm Eithne. Nuair a bhí Eithne ina cailín óg, rinne draoi tairngreacht go maródh garmhac Bhalor a sheanathair. Bhí eagla ar Bhalor nuair a chuala sé an tairngreacht, agus chuir sé Eithne faoi ghlas i dtúr ard le dháréag ban chun súil ghéar a choiméad uirthi.

Níor lig siad aon fhear isteach chun í a fheiceáil, mar a d'órdaigh Balor. Mhóidigh sé go maródh sé iad go léir mura ndéanfad siad de réir mar a d'órdaigh sé.

LONG, LONG AGO, WHEN the Tuatha Dé Danann lived in Ireland, they were tormented by the heavy hand of the Fomorians; sea-faring giants who lived on an island on the north side of Ireland. They demanded taxes from the Tuatha Dé Danann. Balor of the Evil-eye was the leader of the Fomorians. He was given this name because he was able to kill men with one glance from his evil-eye. For this reason he kept his eye covered when he was not in battle.

Balor had only one child, a beautiful daughter whose name was Eithne. When Eithne was still a little girl, a druid prophesied that Balor would, some day, be killed by his grandson. Balor was very frightened when he heard the prophesy. He locked Eithne in a high tower, with twelve women to keep a sharp eye on her.

Following Balor's instructions, the women did not allow Eithne to see any man; Balor threatened to kill them, if they did not do as he ordered.

D'fhás Eithne suas ina bean álainn. Lá amháin, nuair a bhí Cian, dia na gréine, in aice leis an túr, chonaic sé an cailín álainn ina suí ag an bhfuinneog. Bhí sí ag féachaint amach agus bhí ionadh ar Chian faoin gcailín álainn. Le draíocht, rinne sé é féin dofheicthe agus isteach leis sa túr. Ansin rinne sé é féin infheicthe do Eithne amháin; ní raibh na mná eile in ann é a fheiceáil. Bhi an-iontas ar Eithne nuair a chonaic sí an fear álainn ina sheasamh os a comhair amach; ní fhaca sí fear eile riamh.

D'éirigh siad cairdúil lena chéile, agus thug sé cuairt uirthi gach lá ina dhiaidh sin, go dtí gur thit siad i ngrá lena chéile.

Bhí áthas mór ar Eithne le linn na laethanta sin. Ní raibh a fhios ag na mná eile cad a bhí uirthi.

Cheap siad go raibh Eithne ag caint léi féin agus cheap siad go raibh an cailín álainn ag éirí seafóideach, mar ní fhaca siad aon duine eile sa túr.

Eithne grew into a beautiful woman. One day, when Cian, the sun god, was near the tower, he saw the lovely girl, sitting by the window, and he wondered about her. With magic, he made himself invisible and came into the tower. Then, he made himself visible only to Eithne; the other women could not see him. Eithne was astonished to see this handsome stranger facing her; she had never before seen a young man.

They became friends and Cian paid her visits each day after that, and eventually, they fell in love.

Eithne was very happy, during those days. The other women did not understand what was happening.

They thought that Eithne was talking to herself and perhaps losing her mind, because they saw no one else in the tower.

Tar éis tamaill, thug na mná faoi deara go raibh Eithne ag iompar clainne. Bhí ionadh orthu, ach, os cionn gach uile ní bhí eagla orthu roimh Bhalor agus a dhrochshúil.

Tamall ina dhiaidh sin, rugadh triúr mac do Eithne. Chuir na mná teachtaireacht chuig Balor. Tháinig fearg mór air agus mharaigh sé an dáréag ban. Ansin thug sé ordú an triúr leanaí a bhá. Chlúdaigh an teachtaire na leanaí i mbraillín agus chuir sé iad i mbád beag. Bhí Eithne ag caoineadh agus ag glaoch os ard, ach ní raibh sí in ann aon rud a dhéanamh mar bhí sí faoi ghlas sa túr.

Chuaigh an teachtaire amach san fharraige leis na leanaí sa bhád beag. Bhí an fharraige garbh agus na tonnta an-ard.

Thit duine amháin de na leanaí amach as an mbád, isteach i saghas poll guairneáin. Bhí ban-draoi ina cónaí sa pholl seo agus shábháil sí an leanbh. Thug sí é chuig a athair, Cian, ach bháigh an drochtheachtaire an bheirt leanaí eile.

After a while, the women realised that Eithne was going to have a baby. They were astonished, but, more importantly, they were terrified of Balor and his evil-eye.

A while afterwards, Eithne gave birth to three sons. The women sent word to Balor. A great rage came over him and he killed the twelve women. Then he gave orders to drown the three babies. A messenger wrapped the babies in a blanket and put them in a small boat. Eithne was keening and crying out loud, but, locked in the tower, there was nothing she could do.

The messenger went out to sea with the babies in a small boat. The sea was rough and the waves were very high.

One of the babies fell out of the boat, into a sort of whirlpool. There was a druidess living in the pool and she saved the baby. She delivered him to his father, Cian, but the evil messenger drowned the other two babies.

Bhí an-bhrón ar Eithne; bhí a croí briste. Cheap sí go raibh a leanaí go léir marbh, agus fuair sí bás go gairid ina dhiaidh sin. Bhí brón mór ar Chian nuair a chuala sé an drochscéala. D'iarr sé ar Mhanannán Mac Lir, dia na farraige, bheith mar athair altrama don bhuachaill óg. Chuir siad an t-ainm Lugh air agus chuaigh sé isteach san fharraige chun chónaí i dtír Mhanannáin Mhic Lir.

A TRÍ FAOI A SEACHT mbliana ina dhiaidh sin, thug Lugh súil ar Éirinn agus dúirt sé lena athair altrama go gcaithfeadh sé dul ar ais. Bhí Lugh fásta suas ina fhear galánta agus bhí a fhios ag Manannán Mac Lir go raibh an t-am ceart tagtha le filleadh ar ais go hÉirinn.

Bhí na Tuatha Dé Danann go brónach ina dtír féin mar gheall ar na Fomhóraigh; na fathaigh ghránna a bhí ag cur scanradh orthu. Bhí a fhios ag Manannán Mac Lir go mbeadh Lugh ina shlánaitheoir dá mhuintir.

Eithne was distraught; her heart was broken. She thought that all of her babies were dead and she, herself, died shortly after that. Cian was broken-hearted when he heard the terrible news. He asked Manannán Mac Lir, the god of the sea, to be foster-father to the young boy. They gave him the name Lugh and he went into the sea to live in the world of Manannán Mac Lir.

THREE TIMES SEVEN YEARS afterwards, Lugh put his eye on Ireland and told his foster-father that he had to return. Lugh had grown into a handsome man and Manannán Mac Lir knew that the right time had arrived for him to go back to Ireland.

The Tuatha Dé Danann were miserable in their own country because of the Fomorians; the hideous giants who were terrifying them. Manannán Mac Lir knew that Lugh would be the saviour of his people.

Dá bhrí sin, thug sé a chlaíomh féin do Lugh, an claíomh darbh ainm 'an claíomh solais'. Thug sé dó freisin a chapall bán; nuair a shuí Lugh ar dhroim an chapaill, bhí siad dofheicthe do gach duine.

Shroich Lugh dún Nuada, lámh airgid, rí na dTuatha Dé Danann. Bheannaigh sé ar choimeádaí an gheata agus d'inis sé dó gur mhaith leis dul isteach chun caint le Nuada.

'Níl cead ag éinne teacht isteach anseo nach bhfuil ceird aige. Cén cheird atá agat?'

'Tá ceird siúinéara agam,' arsa Lugh.

'Tá siúinéir againn anseo,' arsa coimeádaí an gheata.

'Tá ceird gabha agam,' arsa Lugh.

'Tá gabha againn anseo,' arsa an fear eile.

'Tá ceird cláirseoir agam,' arsa Lugh.

'Tá cláirseoir againn anseo,' arsa an fear ar an ngeata.

'Tá ceird file agam,' arsa Lugh.

'Tá file againn anseo, níl gnó le file eile.'

Therefore he gave his own sword to Lugh, the sword that was called 'the sword of light'. He also gave him his white horse; when Lugh sat on the horse's back, they were invisible to everyone.

Lugh arrived at the fort of Nuada of the silver hand, King of the Tuatha Dé Danann. He greeted the gatekeeper and said that he would like to go inside to speak with Nuada.

'No one may enter here who does not have a craft. What craft have you?'

'I am a carpenter,' said Lugh.

'We have a carpenter here,' said the gatekeeper.

'I am a smith,' said Lugh.

'We have a smith here,' said the other man.

'I am a harpist,' said Lugh.

'We have a harpist,' said the man at the gate.

'I am a poet,' said Lugh.

'We have a poet, we do not need another.'

'Tá ceird draoi agam,' arsa Lugh.

'Tá draoi anseo,' arsa coimeádaí an gheata.

'Téigh isteach anois,' arsa Lugh, 'agus cuir ceist ar do rí an bhfuil fear istigh anseo atá in ann na rudaí sin go léir a dhéanamh.'

Bhrostaigh an coimeádaí isteach chuig Nuada, an rí.

'Tá fear iontach amuigh ag an ngeata. Is fearildánach é, máistir gach ceirde, agus ba mhaith leis teacht isteach.'

'Lig isteach an fear seo,' arsa Nuada.

'Tá mé anseo chun cabhair a thabhairt dóibh in aghaidh na Fomhórach,' arsa Lugh le Nuada nuair a tháinig sé isteach sa dún.

D'fhéach Nuada ar an bhfear galánta os a chomhair amach agus chreid sé é.

Nuair a bhí siad ag caint, tháinig scata Fomhórach go dtí an dún chun cáin a bhailiú ó na dTuatha Dé Danann. Fuair Nuada misneach ó Lugh.

'I am a druid,' said Lugh.

'There is a druid here,' said the gatekeeper.

'Go in now,' said Lugh, 'and ask your king if there is a man inside who can do all these things.'

The gatekeeper hurried in to Nuada, the king.

'There is a wonderful man outside at the gate. He is skilled in all the arts. He is a master craftsman and he wants to come in.'

'Let him come inside,' said Nuada.

'I am here to help you face the Fomorians,' Lugh told Nuada when he came into the fort. Nuada looked at the handsome man standing before him and he believed what he said.

While they were talking, a group of Fomorians came to the fort to collect taxes from the Tuatha Dé Danann. Nuada took courage from Lugh.

'Imigh uainn anois,' arsa Nuada leis na Fomhóraigh. 'Ní íocfaimid cáin ar bith daoibh.'

Tháinig fearg ar na Fomhóraigh agus bhain siad amach a gclaimhte. Chroch Lug an 'claíomh solais' suas san aer agus tháinig solas amach ón gclaíomh a bhain na súile de na Fomhóraigh. Bhí eagla an domhain orthu agus theith siad ón dún go tapa. Ghlaoigh Nuada ina ndiaidh, 'Abair le Balor nach bhfuil aon eagla ar na dTuatha Dé Danann roimh na Fomhóraigh.'

Nuair a chuala Balor an nuacht, bhailigh sé na Fomhóraigh go léir agus chuaigh siad go cnoc hUisneach chun dul i gcath leis na dTuatha Dé Danann. Bhí na Fomhóraigh chomh fairsing le gaineamh na trá ach bhí na Tuatha Dé Danann go láidir freisin.

Bhí an cath go huafásach. Bhí na sleánna ag dul thart ar nós na gaoithe.

D'fhan Lugh ar chnoc mór os cionn an chatha. Bhí sé ag féachaint ar an scata, ag fanacht le Balor.

'Leave us alone,' said Nuada to the Fomorians. 'We will not pay any more taxes to you.'

The Fomorians were enraged and they pulled out their swords. Lugh raised 'the sword of light' up into the air and a light shone from the sword that blinded the Fomorians. They were afraid of their lives and fled from the fort. Nuada called after them. 'Tell Balor that the Tuatha Dé Danann are not a bit afraid of the Fomorians.'

When Balor heard the news, he gathered together all the Fomorians and they set out for the hill of Uisneach to do battle with the Tuatha Dé Danann. The Fomorians were as plentiful as sand on the beach, but the Tuatha Dé Danann were just as strong.

The battle was fierce; the spears were whipping by like the wind.

Lugh stayed up on a hill above the battle. He was looking down on the crowd, waiting for Balor.

Thosaigh na Fomhóraigh ag canadh nuair a tháinig Balor – 'Balor, Balor, Balor'.

Bhí Balor go h-uafásach roimh bun na spéire. Thug na Fomhóraigh a láidreacht dó agus, go mall, d'oscail sé a dhrochshúil.

Go tobann, bhí scata de na dTuatha Dé Danann sínte marbh ar an talamh, an t-ardrí, Nuada, ina measc. Ansin, bhí Lugh réidh agus bhí sé ann lena thabhall. D'fhéach sé go cúramach ar Bhalor, a bhí ina sheasamh os a chomhair amach, lena shúile dúnta. Bhí Balor ag bailiú láidreachta i gcomhair an chéad fhogha eile lena shúil. Chuir Lugh cloch bheag isteach ina thabhall, agus chaith sé an chloch ag Balor, go díreach nuair a d'oscail an tsúil arís.

Bhuail an chloch drochshúil Balor agus thit sé, marbh, ar an talamh. Bhí an cath críochnaithe. Bhí an bua ag na dTuatha Dé Danann. Gan Bhalor, bhí láidreacht na Fomhórach caillte. D'imigh siad ar ais go oileán Toire.

As soon as Balor arrived, the Fomorians began to chant, 'Balor, Balor, Balor'.

Balor loomed terrible against the horizon. The Fomorians gave their strength to him and slowly, he opened his evil-eye.

In a flash, a group of the Tuatha Dé Danann lay stretched out, dead, on the ground, high king Nuada in their midst. Then, Lugh was there and ready with his sling. He looked carefully at Balor, who was standing before him with his eyes shut. Balor was gathering strength for the next attack of his evil-eye. Lugh put a small stone into his sling and flung it at Balor just as the eye was opening again.

The stone hit Balor right in his evil-eye and he fell, dead, to the ground. The battle was over. The Tuatha Dé Danann were victorious. Without Balor, the Fomorians had no strength. They returned to Tory Island.

Tháinig an tuar faoin tairngreacht. Ba é Lugh, garmhac Bhalor, a mharaigh a shean-athair.

Bhí an t-ardrí Nuada marbh agus ní raibh aon rí ag na dTuatha Dé Danann. Rinneadh rí de Lugh agus bhí síocháin agus sonas in Éirinn ina dhiaidh sin.

The prophecy had come true. It was Lugh, grandson of Balor, who killed his grandfather.

High king Nuada was dead and the Tuatha Dé Danann had no king. Lugh, the saviour of the Tuatha Dé Danann, was made king and there was peace and happiness in Ireland after that.

Leanaí Lir

The Children
of Lir

Uair amháin, nuair a bhí na Tuatha Dé Danann ina gcónaí in Éirinn, bhí rí láidir ann, darbh ainm Lir. Bhí ceathrar páistí aige a bhí mar sholas ina shaol – triúr buachaillí, Aodh, Fiachra agus Conn agus cailín amháin, Fionnuala a bhí chomh hálainn leis na bláthanna sa samhradh

Bhí grá ag gach duine i ríocht Lir do na páistí áille, ach amháin ag a leasmháthair. Aoife darbh ainm don leasmháthair.

Bhí aghaidh dheas uirthi ach bhí súil glas aici le éad roimh na páistí. Cheap Aoife go raibh níos mó grá ag Lir do na páistí na d'Aoife féin. Ba dheirfiúr chéad mhná Lir í Aoife, ach ní raibh aon pháistí aici féin. Ba fhuath léi na páistí ach níor lig sí uirthi go raibh ach grá aici dóibh.

Lá amháin thug sí na páistí léi chun turas a thabhairt ar a hathair, Bodhbh Dearg, a bhí ina rí ar ríocht cóngarach do ríocht Lir.

Nuair a bhí siad i bhfad on gcaisleán, stop sí an carbad in aice le Loch Dairbhreach agus d'iarr sí ar na leanaí dul ag snámh sa loch.

ONCE UPON A TIME, when the Tuatha Dé Danann lived in Ireland, they had a very powerful king, whose name was Lir. He had four children who were the light of his life – three boys, Hugh, Fiachra and Conn, and one girl, Fionnuala who was as beautiful as the flowers of summer.

Everyone in Lir's kingdom loved the beautiful children, except their stepmother. Aoife was their stepmother's name.

She had a pretty face but she was jealous of the children. Aoife thought that Lir loved his children more than he loved herself. Aoife was the sister of Lir's first wife but she had no children of her own. She hated the children but pretended to have nothing but love for them.

One day she took the children with her to visit her father, Bodhbh Dearg, who was king of the neighbouring kingdom.

When they were far from the castle, she stopped the chariot near lake Dairbhreach and invited the children to swim in the lake.

Nuair a bhí siad istigh san uisce, chroch Aoife slat déanta as caor suas agus d'aistrigh sí na leanaí go ceithre eala.

Os ard, dúirt Aoife na focail seo:

'Bígí mar ealaí anseo ar Loch Dairbhreach ar feadh trí céad bliain agus ansin ar feadh trí céad bliain eile ar mhuir na Maoile. Ina dhiaidh sin caithfidh sibh trí chéad bliain ar an bhfarraige thiar. Fanfaidh sibh mar ealaí ar feadh na mblianta sin nó go dtí an t-am go gceanglóidh an Fear ón Tuaisceart leis an mBean ón Deisceart.'

Bhailigh na leanaí Lir le chéile go brónach. Chuir Fionnuala a sciathán timpeall a deartháireacha. Ansin dúirt Aoife: 'Fágfaidh mé bhúr glór canadh agaibh. Beidh sibh in ann canadh i nguth daonna.'

Thosaigh na leanaí ag caoineadh os ard, ach léim Aoife isteach sa charbad agus d'imigh sí go dtí caisleán Bhodhbh Dheirg.

When they were inside in the water, Aoife raised up a rowan wand and changed the children into four swans.

Out loud, Aoife called these words:

'Be as swans here on lake Dairbhreach for three hundred years and then for another three hundred years on the sea of Moyle. After that you will spend three hundred years on the western ocean. You will remain as swans for all of those years, or until the time when the Man from the North will join with the Woman from the South.'

The children of Lir gathered together, sadly. Fionnuala wrapped her wings around her brothers. Then Aoife said: 'I will leave you your gift of song. You will be able to sing with human voices.'

The children began to cry out loud but Aoife jumped into her chariot and continued on to the castle of Bodhbh Dearg.

Nuair a fuair Lir amach cad a tharla dá leanaí, bhrostaigh sé síos go Loch Dairbhreach. Ansin, tháinig na healaí áille chuige agus shil siad a ndeora le chéile. Ansin, chuaigh Lir go feargach, chuig caisleán Bhodhbh Dheirg agus d'inis sé an scéal dó. Tháinig brón agus fearg mór ar Bhodhbh Dearg, mar bhí an-chion aige dona garchlainne. Le cabhair draíochta, rinne Bodhbh Dearg spiorad den aer dá iníon féin, Aoife, agus bhí sí díbeartha ón domhan go deo.

Ansin bhrostaigh Lir agus Bodhbh Dearg síos cois Loch Dairbhreach agus tháinig na healaí áille chucu. Bhí a lán draíochta ag an mbeirt ríthe ach ní raibh siad in ann draíocht Aoife a athrú. Bhí brón orthu go léir, ach tar éis tamaill thosaigh Fionnuala, an cailín misniúil, ag canadh lena guth álainn.

Ansin ghlac a deartháireacha páirt léi agus bhí a n-amhrán brónach le cloisteáil ar fud an ríochta.

When Lir found out what had happened to his children, he hurried down to lake Dairbhreach. The beautiful swans came to him and they shed their tears together. Then Lir went angrily to the castle of Bodhbh Dearg and told his terrible story. A great sorrow and anger came over Bodhbh Dearg as he had great affection for his grandchildren. With the help of magic, Bodhbh Dearg turned his own daughter, Aoife into a demon of the air and she was banished from this world forever.

Then Lir and Bodhbh Dearg made haste to the shore of lake Dairbhreach and the swan children came to them. Both kings knew powerful magic but they could not change Aoife's evil spell. There was a terrible sadness on all of them, but after a while Fionnuala, the brave girl, began to sing with her sweet voice.

Then her brothers all joined in and their sad song could be heard throughout the kingdom.

I gceann tamaill, scaip scéal na n-ealaí ar fud na tíre agus tháinig a lán daoine go Loch Dairbhreach chun a gcanadh a chloisteáil.

Thógadh foscadh cois Loch Dairbhreach i gcomhair na n-ealaí agus chaith Lir an chuid is mo dá laethanta lena n-ais.

D'imigh na blianta thart. Scaip clú agus cáil na n-ealaí go dtí na healaí fiáine agus tháinig siad chun aithne a chur ar na healaí lena nguth daonna. D'fhoghlaim na leanaí Lir teanga na healaí fiáine agus d'éirigh siad an-chairdiúl lena chéile. D'inis na leanaí Lir a scéal brónach do na healaí fiáine agus ba mhaith leis na healaí fiáine cabhair a thabhairt do na leanaí Lir. Ach ní raibh a fhios ag éinne conas drochdhraíocht Aoife a athrú.

Chuaigh céad bliain thart. Bhí imní ar Lir. Go draíochtúil, ní raibh sé ag eirí níos sine.

Ach bhí a fhios aige go mbeadh a leanaí ag imeacht uaidh tar eis dhá chéad bliain eile.

Soon the story of the swans spread throughout the country and people flocked to lake Dairbhreach to hear them sing.

A shelter was built for the swans by the shore of that lake and Lir spent most of his days by their side.

The years passed. The fame of the swan children reached the wild swans and they came to the lake to meet the swans with human voices. The children of Lir learned the language of the wild swans and they became friends. The children of Lir told their sad story and the wild swans wished to help the swan children. But nobody knew how to break Aoife's evil spell.

A hundred years went by. Lir was very worried. Magically, he was not becoming any older.

But he knew that his children would be leaving him after another two hundred years.

Bhí a fhios ag Lir go raibh muir na Maoile an-gharbh agus i bhfad óna ríocht, idir Albain agus Éire. Conas a cheanglódh an Fear ón Tuaisceart leis an mBean ón Deisceart? Conas a d'athródh siad an drochdhraíocht? Bhí na blianta ag dul thart go ró-thapa agus ní raibh an freagra aige.

Bhí dhá shliabh ar dhá thaobh an ríochta móir a bhí ag Lir agus cuirtear na h-ainmeacha Fear ón Tuaisceart agus Bean ón Deisceart orthu. Bhí na sléibhte ar dhá thaobh éagsúla an ríochta agus i bhfad óna cheile. Ní raibh aon slí ann chun na sléibhte a cheangal dá chéile. Bhí gach fear feasa sa tír ag iarraidh an draíocht a athrú ach níor éirigh leo.

Chuaigh na trí chéad bliain thart agus bhí brón ar gach duine in Éirinn. Bhí grá ag gach duine do na healaí áille lena gcanadh aoibhinn.

Tháinig lá an imeachta. Bhí an ghrian ag taitneamh go hard sa spéir ach ní raibh ach deora i gcroí Lir agus a leanaí.

Lir knew that the sea of Moyle was terribly rough, far from his kingdom, between Scotland and Ireland. How could one join the Man from the North with the Woman from the South? How could they break the evil spell? The years were passing by too quickly and he did not have the answer.

There were two mountains in Lir's kingdom and they were called the Man from the North and the Woman from the South. The mountains were on two different sides of the kingdom and very far apart. There was no way of joining them together. Every wise man in the country was trying to find a way to break the spell but with no success.

Three hundred years passed and a great sadness came over the people of Ireland. Everybody loved the swan children and their sweet singing.

The day of departure arrived. The sun was shining high in the sky but there were only tears in the hearts of Lir and his children.

Bhailigh siad le chéile cois Loch Dairbhreach chun slán a fhágáil. Bhí slua daoine bailithe ann agus bhí gach duine acu ag gol.

Go tobann, tháinig rud éigin i mbealach an ghrian gheal agus nuair a d'fhéach gach duine suas, chonaic siad slua mór d'ealaí fiáine ag bailiú thuas sa spéir. Ansin rinne siad droichead thuas san aer, gob go heireaball, gach ceann acu. Droichead mór déanta de ealaí a chuaigh trasna ríocht Lir agus a cheangail an dá shliabh, an Fear ón Tuaisceart leis an mBean ón Deisceart, le chéile.

Bhí draíocht Aoife críochnaithe.

D'astrigh leanaí Lir ar ais ina gcuma daonna. Le deora áthais shiúil siad amach ón loch agus phóg siad a n-athair. Thug siad míle buíochas dá gcairde, na healaí fiáine agus bhí saol sona ag Lir agus a leanaí uaidh sin amach.

They gathered close together on the shore of lake Dairbhreach to say goodbye. A huge crowd had assembled there and everyone was in tears.

Suddenly, something blocked the light of the sun and when everyone looked up they saw a big flock of wild swans gathering in the sky. Then they formed a bridge up in the sky, each one beak to tail. A huge bridge of swans that went right across Lir's kingdom and joined the Man from the North with the Woman from the South.

Aoife's spell was broken.

The children of Lir changed back into their human form. With tears of happiness they walked out of the lake and kissed their father. They gave a thousand thanks to their friends, the wild swans and Lir and his children lived happily ever after.

*Tóraíocht
Étaín*

The Wooing of
Etain

Nuair a bhí Eochaidh ina ardrí ar Éirinn agus é ag lorg mná céile, rinne sé turas ar fud na tíre chun an cailín is fearr in Éirinn a fháil. Lá amháin, tháinig sé go dtí tobar in aice le caisleán Etar i gCúige Uladh. Bhí a lán cailíní ag tarraingt uisce ón tobar. Chonaic Eochaidh cailín álainn ina measc. Bhí crúiscín óir i lámh an chailín agus bhí an dath céanna ar a gruaig fhada. Bhí sí cosúil le síóg agus thit Eochaidh i ngrá léi ar an bpoinnte.

Etain ab ainm don chailín álainn agus iníon Etair ba ea í. Nuair a fuair sí amach go raibh Eochaidh i ngrá léi, socraíodh an cleamhnas agus chuaigh Etain ar ais go Teamhair mar bhean chéile an t-ardrí.

Bhí Eochaidh agus Etain an-áthasach ina saol le chéile agus thug an t-ardrí cuireadh do thiarnaí na hÉireann teacht chuig feis ar chnoc Teamhrach. Ansin tháinig na tiarnaí go léir lena mná céile agus bhí caint agus ceol le cloisteáil ar fud an chaisleáin.

When Eochaidh, the High King of Ireland was searching for a wife, he journeyed throughout the country to find the best girl in Ireland. One day, he came to a well close to Etar's castle, in the province of Ulster. There were many girls gathering water from the well and in their midst Eochaidh saw one of great beauty. She held a golden jug in her hands and her long hair was of the same colour. She was magical looking and Eochaidh fell in love with her on the spot.

Etain was the name of the beautiful girl and she was the daughter of the chieftain, Etar. When she found out that Eochaidh was in love with her, the marriage was agreed upon and Etain went back to Tara as the wife of the high king.

Eochaidh and Etain were very happy in their lives together and the high king sent out invitations to the chieftains of Ireland to come to the feis on the hill of Tara. Then all the chieftains and their wives arrived and there were music and conversations to be heard throughout the castle.

Bhí na seanchaithe agus na filí ab fhearr in Éirinn ag insint na scéalta agus na dánta Ceilteacha agus ina measc bhí fear ard, fionn, ag insint scéalta faoi Thuatha Dé Danann agus faoi Thír na nÓg. Nuair a chonaic Etain an file sin, bhí ionadh uirthi mar cheap sí go raibh aithne aici ar an bhfear galánta agus ar a scéalta.

Lá amháin, nuair a bhí Etain ag siúl sa ghairdín in aice leis an gcaisleán, tháinig an file chuici agus d'inis sé an scéal seo di: 'Fadó, fadó, i dTír na nÓg, bhí Midir, mac an Daghdha pósta le cailín a bhí chomh hálainn sin gur tugadh an t-ainm "Áilleacht" di. Bhí siad i ngrá lena chéile ach bhí cailín eile, darb ainm Fuamnach, a bhí formadach leis an ngrá a bhí ag an mbeirt acu.

Fuair Fuamnach cabhair ón draoi agus rinne sí féileacán den chailín álainn. Ba mhaith leis an bhféileacán álainn órga sin a bheith in aice le Midir, ach rinne Fuamnach gaoth mhór chun an féileacán a shíob.

The finest storytellers and poets of Ireland were reciting Celtic stories and poems and in their midst was a tall, fair-haired, man telling stories of the Tuatha Dé Danann and Tír na nÓg. When Etain saw the poet she was filled with wonder because she thought she recognised this handsome man and his stories.

One day, when Etain was walking in the gardens near the castle the poet approached her and told her this story: 'Long ago, in Tír na nÓg, Midir, the son of the Daghdha was married to a girl who was so beautiful that the name "Beauty" was given to her. They were in love with each other, but another girl, named Fuamnach, was jealous of the love they had.

With the help of a druid's magic, Fuamnach changed the beauty into a butterfly. This beautiful golden butterfly wanted to stay close to Midir, but Fuamnach made a great wind rise up to blow the butterfly away.

'Ar feadh na mblianta bhí an féileacán á tumadh agus á luascadh gan suaimhneas. Lá amháin, bhí sí síobtha isteach trí fhuinneog i gcaisleán i gCúige Uladh. Bhí tiarna an chaisleáin agus a bhean chéile ag ithe an dinnéir agus thit an féileacán isteach i gcuach na mná. Ní raibh a fhios ag an mbean go raibh féileacán sa chuach agus d'ól sí é leis an bhfíon. Naoi mí ina dhiaidh sin rugadh cailín álainn don bhean agus a fear céile, an tiarna darb ainm Etar. Thug siad an t-ainm Etain di agus d'fhás sí suas ina cailín álainn.'

Bhí ionadh mór ar an mbanríon Etain nuair a chuala sí an scéal sin. 'Is mise Etain agus mo scéal féin atá tú tar éis insint dom,' a dúirt sí.

'Sea, agus is mise Midir a bhí i ngrá leat i dTír na nÓg. Bhí mé ar do lorg, a Etain, ar feadh na mblianta, agus ba mhaith liom go dtiocfadh tú ar ais liom anois go Tír na nÓg.'

'Tá mé scapaithe,' a dúirt Etain.

'For many years the butterfly was tossed about, without rest. One day she was blown in through a window of a castle in the province of Ulster. The chieftain of the castle and his wife were eating dinner and the butterfly fell into the woman's goblet. The woman did not know that there was a butterfly in her goblet and drank it with her wine. Nine months afterwards, a baby girl was born to the woman and her husband, the chieftain, whose name was Etar. They gave the baby the name Etain and she grew up into a beautiful girl.'

Queen Etain was filled with wonder when she heard this story. 'I am Etain, the daughter of Etar and you are after telling me my own story,' she said.

'Yes, and I am Midir, who loved you in Tír na nÓg, I have been searching for you for years, Etain, and I want you to return with me to Tír na nÓg.'

'My mind is confused,' said Etain.

'Níl mé in ann dul leat, mar tá mé pósta leis an t-ardrí agus tá sé i ngrá liom. Imigh leat anois!'

Bhí brón ar Midir ach d'imigh sé.

D'inis Etain an scéal go léir do Eochaidh. Bhí eagla ar Eochaidh, mar bhí a fhios aige go raibh a lán cumhachtaí ag na Tuatha Dé Danann, na daoine ó Thír na nÓg.

An oíche sin agus na hoícheanta ina diaidh chuaigh Etain go Tír na nÓg i mbrionglóid agus nuair a dhúisigh sí cheap sí go raibh sí caillte. Bhí sí i saghas támhnéil agus cheap Eochaidh go raibh sí imithe uaidh.

Maidin amháin, tamall ó shin, bhí Eochaidh ag féachaint amach an fhuinneog nuair a chonaic sé capall mór bán ag teacht chuige ag breacadh an lae.

Bhí laoch galánta ina shuí ar an gcapall. Gruaig fhionn a bhí air agus é ag caitheamh brat corcra.

'I cannot go with you because I am married to the high king and he is in love with me. Leave me now!'

Midir was sad, but he left.

Etain told the complete story to Eochaidh. He was frightened as he knew of the powers of the Tuatha Dé Danann, the people of Tír na nÓg.

That night and the following nights, Etain dreamt of Tír na nÓg and when she awoke she felt lost. She was in a sort of trance and Eochaidh felt that he was losing her.

One morning, at dawn, a while after that, Eochaidh was looking out his window when he saw a big white horse approaching him.

A handsome warrior was seated on the horse. He was fair-haired and wore a purple cape.

Chuaigh Eochaidh amach agus nuair a tháinig an capall lena ais, ghabh Eochaidh beannacht ar an bhfear agus d'iarr sé air cad chuige a bhí sé ann.

'Ba mhaith liom cluiche fichille a imirt leat,' arsa an coimhthíoch.

'Ceart go leor,' arsa Eochaidh. 'Is fearr liom ficheall ná aon chluiche eile ar domhan. Ba mhaith liom imirt leat.'

Ansin thóg an eachtrannach clár fichille amach óna bhrat. Bhí an clár déanta as airgead agus an fhoireann fichille déanta as ór.

'Cén geall a chuirfimid ar an gcluiche?' a d'fhiafraigh Eochaidh den fhear eile.

'Socróidh an buaiteoir an duais,' arsa an ceann eile.

Bhuaigh Eochaidh an cluiche.

'Ba mhaith liom caoga capall bán le srianta déanta as ór,' a dúirt sé.

'Beidh siad agat,' arsa an eachtrannach agus d'imigh sé.

Eochaidh went outside and when the horse drew near, Eochaidh greeted the rider and asked him his reason for being there.

'I would like to play a game of chess with you,' said the stranger.

'Right enough,' said Eochaidh. 'I prefer chess to any other game in the world. I would like to play with you.'

Then the stranger brought out a chess board from beneath his cloak. The board was made of silver and the chessmen were made of gold.

'What stake will we put on the game?' Eochaidh asked the other man.

'The winner will decide the prize,' said the other one.

Eochaidh won the game.

'I would like fifty white horses with bridles made of gold,' he said.

'You will have them,' said the stranger and he went away.

An mhaidin ina dhiaidh sin tháinig sé ar ais trasna an chnoic, le caoga capall ina dhiaidh. Bhí srian déanta as ór ag gach ceann acu.

'Ar mhaith leat cluiche eile fichille?' arsa an fear galánta.

'Ba mhaith liom,' arsa Eochaidh.

Bhuaigh Eochaidh arís an lá sin. 'Anois, ba mbaith liom go réitigh tú na clocha agus na luachraí ó Blár an Bhrega. Cuir bóthar trasna an phortaigh agus cuir coill i mBréifne.'

'Déanfaidh mé na rudaí sin,' arsa an strainséir agus d'imigh sé.

Bhí imní mhór ar Eochaidh ansin faoi chumhacht an fhir eile agus cad chuige a bhí sé ann.

Rinne an strainséir mar a dúirt sé agus tháinig sé ar ais an lá ina dhiaidh sin ag iarraidh cluiche eile fichille.

An t-am seo, bhuaigh an strainséir.

'Ba mhaith liom póg ó Etain,' a duirt sé.

The following morning he came back over the hill followed by fifty white horses. There was a golden bridle on the head of each one.

'Would you like another game of chess?' asked the handsome man.

'I would,' said Eochaidh.

That day Eochaidh won again. 'Now I would like you to clear the stones and the rushes from the Plain of Bregha that we might grow grass and crops on it. I would like you to put a road across the bog and a forest in Bréifne.'

'I will do those things,' said the stranger and he went off.

Then a great fear came over Eochaidh of the power of the other man and why he was there.

The stranger did as he said he would and came back the next day seeking another game of chess.

This time, the stranger won.

'I would like a kiss from Etain,' he said.

Gheit Eochaidh suas as a chathaoir. Bhí fearg air.

'Cé hé tusa?' a d'fhiafraigh Eochaidh.

'Is mise Midir,' a dúirt an fear eile.

'Midir an file?' a d'fhiafraigh Eochaidh.

'Midir maorga, mac an Daghdha, a bhí pósta le Etain fadó, fadó i dTír na nÓg. Rinneadh drochdhraíocht féileacán di agus bhí sí ionnarbthach ó Thír na nÓg agus bhí mé á lorg ar feadh na mblianta.'

Bhí Etain ag féachaint orthu go ciúin.

Ansin thosaigh sí ag caint: 'Tá a fhios agam anois nach bhfuil mé ón saol seo. Is cuimhin liom anois mo ghrá Midir agus ár laethanta breátha le chéile i dTír na nÓg. Ach thug Eochaidh áthas dom anseo agus ba mhaith liom fanacht anseo ar feadh bliain amháin, chun áthas a thabhairt dó agus dá mhuintir.'

'Tiocfaidh mé ar ais ag deireadh na bliana,' arsa Midir agus d'imigh sé.

Eochaidh jumped up from his chair. He was angry.

'Who are you?' asked Eochaidh.

'I am Midir,' said the other man.

'Midir the poet?' asked Eochaidh

'Midir the proud, son of the Daghdha, who was married to Etain, long long ago in Tír na nÓg. An evil spell turned her into a butterfly and she was banished from Tír na nÓg. For all these years I have been searching for her.'

Etain was watching them quietly.

Then she began to speak: 'I know now that I am not from this world. I remember my love Midir and our wonderful days together in Tír na nÓg. But Eochaidh gave me happiness here and I would like to stay for one full year to give gladness to him and to his people.'

'I will return at the end of the year,' said Midir and he went away.

Ina dhiaidh sin bhí bliain iontach in Éirinn. Bhí an tír flúirseach i mbuanna agus i gceol. Thug Etain áthas do gach duine agus do Eochaidh thug sí sonas taobh thall de brionglóid aon fhear.

Le teacht na Samhna thug Eochaidh cuireadh do na tiarnaí go léir teacht go dtí an bhfeis ar chnoc an Teamhrach.

Ansin, tháinig na tiarnaí go léir lena gclanna agus a ndraoithe agus na filí ab fhearr in Éirinn. Go tobann chonaic siad go léir solas geal in aice le Etain, agus ina measc chonaic siad Midir maorga ina sheasamh, a ghruaig fhionn ar a ghualainn agus é ag caitheamh brat corcra. Shín sé amach a lámh chuig Etain.

Thug sí póg do Eochaidh agus duirt sí, 'Chuir me áthas sa bhliain seo agus beidh tú i gcuimhne, a Eochaidh, chomh fada is a bheas an ghaoth ag séideadh agus an t-uisce ag rith, mar bhí Etain ó Tír na nÓg i ngrá leat.'

Ansin thug sí a lámh do Midir.

There followed a wonderful year in Ireland. The country was plentiful in victory and music. Etain brought gladness to everyone and to Eochaidh she gave happiness beyond any man's dreams.

When harvest time arrived, Eochaidh sent an invitation to all the chieftains to come to the feis on the hill of Tara.

Then all the chieftains came with their families and their druids and the finest poets in Ireland. Suddenly a bright light appeared by Etain's side and in its midst stood Midir the Proud, his fair hair on his shoulders and he wearing his purple cape. He reached his hand out to Etain.

She gave Eochaidh a kiss and she said, 'I have put gladness into this year and you will be remembered Eochaidh as long as the wind blows and the water flows because Etain, of Tír na nÓg, has loved you.'

Then she gave her hand to Midir.

D'oscail an díon agus d'éirigh siad le chéile agus d'imigh siad ar ais go dtí a muintir i dTír na nÓg. Nuair a d'fhéach Eochaidh agus na tiarnaí suas, ní fhaca siad ach dhá eala áille ag eitilt suas sa spéir.

AN DEIREADH

The roof opened and they rose together and returned to their people in Tír na nÓg. When Eochaidh and the chieftains looked up, they saw only two beautiful swans flying up into the sky.

THE END

Short Stories of Pádraic Prease
A Dual-Language Book
Selected and adapted by
Desmond Maguire

Pádraic Pearse, who played a prominent part in the 1916 Rebellion, declared Ireland a Republic from the steps of the General Post Office in Dublin. He was executed, along with the other leaders, for his part in the Rising.

But he was a gentle warrior at heart. Men have painted him as the revolutionary poet and the cold idealist, inhuman enough to have people suffer in a war whose cause he espoused.

These five stories show us that Pearse was a man of deep understanding with immense human awareness of the way of life of the average person. He analyses the sorrows and joys of the Irish people of his time, and writes of the tragedies of life and death from which they could never escape.

Irish Legends for the Very Young
Niamh Sharky

Aimed at early readers and written to be read aloud to young children of five to eight, *Irish Legends for the Very Young* contains a new retelling of three of the classic, best loved Irish legends: 'The Children of Lir', 'How Setanta Became Cúchulainn' and 'Oisín in Tír na nÓg'. Retold with the viewpoint of the young reader in mind, these tales are charmingly illustrated by the author.

ENCHANTED IRISH TALES
PATRICIA LYNCH

Enchanted Irish Tales tells of ancient heroes and heroines, fantastic deeds of bravery, magical kingdoms, weird and wonderful animals. This illustrated edition of classical folktales, retold by Patricia Lynch with all the imagination and warmth for which she is renowned, rekindles the age-old legends of Ireland, as exciting today as they were when first told. This collection includes: Conary Mór and the Three Red Riders, The Long Life of Tuan MacCarrell, Finn MacCool and the Fianna, Oisín and the Land of Youth, The Kingdom of the Dwarfs, The Dragon Ring of Connla, Mac Datho's Boar and Ethne.

GOLDEN APPLES
IRISH POEMS FOR CHILDREN

Edited by
JO O'DONOGHUE

Here is a magical new collection of Irish poems for children featuring cats, dogs, squirrels, sheep and lambs – and of course leprechauns and fairies. There are stirring ballads and interesting grown-ups like My Aunt Jane and the Dublin Piper. Great poets like Yeats, Kavanagh, MacNeice and Heaney are included, but also the anonymous versifiers who gave us such gems as 'Brian O'Linn' and 'I'll Tell My Ma'.

Golden Apples is a collection to treasure.

IRISH HERO TALES
MICHAEL SCOTT

When we think of heroes we think of brave knights on horse-back, wearing armour and carrying spears and swords. They do battle with demons and dragons, evil knights and magicians. But there are other kinds of heroes: heroes we never hear about ...

IRISH FAIRY TALES
MICHAEL SCOTT

He found he was staring directly at a leprechaun. The small man was sitting on a little mound of earth beneath the shade of a weeping willow tree ... the young man could feel his heart beginning to pound. He had seen leprechauns a few times before but only from a distance. They were very hard to catch, but if you managed at all to get hold of one ...

Michael Scott's exciting tales capture all the magic and mystery of Irish stories and he brings Ireland's dim and distant past to life in his fascinating collections of Irish tales.